東京よ

三浦 柳 歌集

Ryu Miura

短歌研究社

東京よ　目次

東京よ

東京よ

東京案内せんと思へばつくづくと東京は広し地下鉄路線図

東京に生まれしわれの思ひつく東京名所は未だ東京タワー

罰受くるごとくに聴けり空調の轟音響く大江戸線ホーム

ナイターこそ風を感じて観るべけれ東京ドームには未だ行かざり

アスファルト剝がせば江戸のさざめきが聴こえん浅草仲見世通り

新しき美術館より道隔て青山墓地は春の陽を浴む

天国も地獄も掌中にするやうに未来に向かふか底深き都市

とめどなく湧き上がる若葉の匂ひして眩暈するまで公園をゆく

一瞬の風の流れは噴水の飛沫に虹を描く春の日

唐突にバビロン空中庭園を思ひてビルの屋上に立つ

渋滞する高速路より夕光のわが住む街の東京が見ゆ

高層のビルは山にはあらざるを何処に巣のあり夜に啼くからす

飽食の果てに忘るる心あれば「祭り」のいらぬ国かもしれぬ

欲望を恥と思はず生きこしが戦後生まれのわれと思はん

物欲が苦となるまでに物溢るる街は虚飾をわれに教へつ

さりながら止まるなかれ東京よ人かき分けてゆく雑踏のなか

慎しみのなき現世を嘆きつつ喉《のみど》渇けば飲むペットボトル

わが町の商店街の豆腐屋は跡取りなくて廃業するとぞ

何ゆゑに大口開けて一斉に笑ふのか夜のバラエティ番組

豊かなる髪かきあげて平成の青年の指は武器を知らざる

麻痺持ちし亡父の散歩のコースにて新宿御苑はゆつくり歩む

わが触るるヒマラヤ杉に父触れしはるかな記憶忘れずにゐる

子のためと信ずることはわがためと気づきたりこの母なる哀れ

たまきはる内に祈りを持ちながら阿修羅のごとく東京に生く

パンドラの箱全開にして新宿の夜はさながら百鬼夜行か

地下駅を出づれば若葉の眩しさに驚きて佇つ表参道

東京を出でざるわれは公園の椅子に「復讐」の文字刻み得ず
（「……寂しき椅子に『復讐』の文字刻みたり。」朔太郎）

今生は無常と思へど目交に光る若葉をわれは恋ほしむ

みどりごの眼に映る東京の未来にわれはありと言はなくに

大桟橋

底深き地下を出づればみなとみらいここより吾は未来へ迷ふ

ひとすぢに歩めば海に続く道大桟橋通り足早にゆく

潮の香を恋ひて桟橋めざしゆく海より生れしわれと思ひて

外海にここより出でたつ大桟橋遠き沖見て真直に立たん

風うけて大桟橋に立つわれは潮の香のなき海の街見つ

記憶のなかに

よみがへる記憶尽きしと思ふまでわが生日の赤き月見つ

母が逝き父逝きし町に帰りきて変はらざるもの探しつつ歩む

暗闇坂下りて靖国通り越ゆ今夕ぐるるわが生れし町

満月に届かんとして思ひきりブランコ漕ぎぬかの夏の夜

月はかく苦しきほどにわが心に潜む何かを引き寄するらし

混沌の宇宙に漂ふこの星の独りと思へば心虔し

遠き記憶ゆり動かすか満月の夜に赤子の声泣きやまず

痛ましきニュース心に止むれど何もなきごと秋空あをし

青山の墓地を見下すやうに立つ六本木ヒルズ世におごるなかれ

拉致被害

叫べども声は届かず同胞は北朝鮮の秋幾度越えしか
運ばるる命と記す運命のむごき意味知る荒き波間に

海ゆかば

何ごとか告げたき鳥か白き羽広げてわれの上飛びめぐる

海渡る白鳥のごと還れよと彼岸の淵に向きて叫ばん

悠久の宇宙のなかの一瞬といへども一生《ひとよ》は光と思ふ

喧噪のなかにネオンは煌めきて人は逝くとも変はらざる街

一瞬は夜空飛び立つ感じして車走らす首都高速路

海ゆかば沖に向かひて「馬鹿野郎」と叫びたからん世を去りし君

酸素吸入の音

突然死避ける手術を治療といふ医師を疎みぬ弱りし祖母は

紫の血管浮きし手をのべて吸口握る小さき祖母は

生と死はかくもほのかに隔てられ酸素吸入の音のみ聞こゆ

何ひとつ持たずに人は死にゆくと祖母の遺品を運びつつ思ふ

墓穴に並ぶ骨壺に手を合はすいつかわが身もここに入るべし

前生の行為の善悪思へども裡に記憶のありといはなく
果てしなき宇宙思へば善悪も人の全ては混沌として

切つ先

集中の瞬間重ねて踊るこのダンサーに今言葉はいらず

敷きつめる鋭角に割れしガラス片踏みて踊ればその輝きよ

わがうちに棲める百足のごときものふいに動きて心くすぐる

真実はここにあらずと思へども新聞を読む憤りつつ

喉元に切つ先あてたき者あれど心中に止むわれに返りて

今しばし心ほどくる時持たん乾びし庭の芝に水撒く

今宵の月

雨過ぎし街はにはかに人溢れ飲み屋の客呼ぶ声が明るし

八月になりし夕暮空赤く昭和は遠しビルより見れば

美しき裸体を半ば隠すごと雲間に光る今宵の月は

死の後に華やぐ命のあらばわが母は如何にと思ふ折ふし

向日葵の咲く夏の午後乳飲み子の泣く声さらに大きくなりぬ

われの定め

たとふれば深夜日付が変はるごと知らぬ間に死の境に立つか

これの世と隔てらるるか炎へと入りて御霊は平安を得よ

約束はせざるが人の死の後の再会思ふ永訣の時

笑顔にて別れし後の放心のなかにて気づく傷む心を

ばかばかと主語なき言葉を繰り返しネオン眩しき街を急ぎつ

逃れ得ざるわれの定めと思ふとき闘争の心しきりに兆す

気温十五度

騒がしく降誕祭を祝ふ街二千年経て人救はれず

何事も変はらぬごとき年明けの今この時も氷河は崩れん

自転車が意志持つやうに駅前にドミノ倒しとなりて遮る

ブラインド越しに明るさ増してゆく日差し眩しむ一月下旬

陽だまりを探しつつゆく冬の日のひとときをわれは楽しみてをり

わが鼻は少し曲がりてありありと三代の貌受け継ぎてゐん

咲き初むる白梅さへもわがものとして吹き散らす春の疾風

わが心すでに春へと発進しをれば選びぬミントのシャンプー

背後より静かに不穏は近づくと思ふ刹那にサイレン響く

かたくなの莟むずむずとしりぞけて木蓮開く気温十五度

春昼の青山通り花の店ミモザ輝く日差しを浴びて

はつなつのトマト

ナイターの野球中継聞こえきてむしやうに西瓜を食みたくなりぬ

はつなつのトマトわが食む夕まぐれにはかに遠く雷ひびく

梅雨の夜の町ゆく人の影絶えてただ紫陽花が青く光れる

鮫革のバッグに触るるわが指は波立つ海をゆく鮫を知らず

海渡る風に憩へば逡巡はにはかにこの身を離れてゆきぬ

半夏なる海は光りて遠足の子らの歓声遠く聞こゆる

朧月が蛇崩道を照らす夜に蟬は音なく殻脱ぎてゐん

無限の時間

三輪駅の猫はひすがら眠りゐん無限の時間ここにあるごと

みづからの言葉探して気がつけば机の抽斗かたづけてゐる

金色の光を纏ふ心地して秋の銀杏の木の下に佇つ

遮断機の鳴りやみてのち走り去る電車は秋の風を運びぬ

身のうちに何かが崩るる音に似て耳鳴り響く薄明のなか

打ちしぶく雨は沁み入る場所のなく鋪道を流る怒りのごとく

轟々と嵐吹く夜は天と地の再生あるいは終末思ふ

この道に散る樹々の葉は雨に濡れ土に交はるときを待つべし

明暗なき街

夜の明暗なき街をゆく六本木かつての窪地をヒルズと呼ぶか

碧眼の狼ひそむと思ふまでシリウス光るビルの空間

放浪の民の嘆きの伝はり来床踏み鳴らすフラメンコダンサー

真夜中に黄のフェラーリは降る雨を分断しつつ街疾走す

音のなき夜半に目覚めて深海の魚のごとくに横たはるわれ

加速する時に急かさるるおもひにて屋根打つ雨の音をききをり

満月の夜

厳かな夜もどり来し聖誕祭過ぎてオリオン輝きを増す

繰り返す旋律のなかジプシーのバイオリニストは輪廻を知るや

満月の夜なれど舞台のスポットを浴びつつ走るジンガロの馬

照明の眩しきビルの間走り抜け闇に向かひてアクセルを踏む

年々にわが鼻曲がりて唐突に魔女とならんか満月の夜

告白

赤きコート纏ひて扉を押す女につかの間兆す不吉なる予感

紅のくちびる動く瞬間に予期せぬドラマの始まりとなる

丹田に力を入れよ挑発の言葉はいつも心怯ます

突き詰めず安穏保てど人生は時にすばやく転回のあり

形よき足組みて夫を見る女はダンサーとかつて噂にて聞く

ワイン飲む女の喉を見つつわが心の底の殺気見つける

ドラムソロの湧く拍手にてステージの終りを知ればわれに返りつ

とりあへずベンチに座る脇役の妻われの飲む気の抜けしコーラ

密会を語るをにはかに遮りて受験間近の子のありと告ぐ

告白は心刺激すこの夜の夫のライブパフォーマンスよりも

由良の門を渡らぬわれは沖よりか舵を途絶えし夫を見てゐる

嘘をつくならば極めよ観客の疑ひ超ゆるマジシャンのごと

いつよりか行き違ふ心に気づけども憎しみ持たねば家族の一人

離婚理由「性の不一致」といふ言葉　実感として肯ふ今宵

テーブルに突つ伏してその温もりを感ずるまでにからだ冷たし

気づかずに過ぎし時雨かわれのみの長き錯覚の日々を思へり

ひえびえと佇ちて朝の窓開く　母あらばいかにわれを見つめん

欺きてはた欺かれて生きんかな秘すれば花と言ひにしものを

ストレスは髪に現ると美容師は言ひてトリートメント勧むるわれに

妻子といふ重き足枷ほがらかに外して夫は無邪気に生きん

「弱き男だめな男を君は好き」かつてある男笑ひて言へり

過ぎゆけば喜劇のひとつとなるやうな不愉快を積む心の底に

幾月を俯きてゐしわれならん気がつけば春の満月となる

洞海湾

たちこむる軽油の匂ふ渡船にて若戸大橋仰ぎつつ過ぐ

炎昼のしづかなるこの洞海湾かつて栄えし港を歩む

いつ知らずつば広の帽子似合はざるわれと思ひて昼の町ゆく

忙しなき沖仲仕らの往来のありし港に波の音聞く

忘るるほど年月経しかこの夜半に父の命日今日と気づけり

死者は皆待ちぼうけなしと言ひし父会へしか母に今誰待つや

夕暮すぎて

病院の蛍光灯の明るさが気になりてをり診察の前

病みたれば寝ながらにして聞こえくる家族の足音聞き分けてゐる

まどろみてをれど音のみ聞き分けて清掃車は今行つてしまへり

声あげて笑ふときふと顕はれてわが声の内に聴く母のこゑ

からだごと光放ちてゐるやうに夕暮すぎて赤子泣く声

言葉にて

いつせいに若葉鳴らして風過ぐる耐へがたき心抑へるやうに

つづまりは金にて決まる世ならんと諦観できぬときもあるべし

ああわれはつくづく人間至上主義逃ぐる蜚蠊にべなく仕留む

寝苦しき夜半にさめれば夢うつつ苦しき現は夢にはあらず

言葉にて届かざるものあるゆゑに人は踊るや思ひ託して

息を吸ひ息吐くのみに肉体のたゆまぬ動きおもふ時あり

細胞の犇めく肌より飛散する汗といへどもわが分身ぞ

風の日の別れ潔し砂塵立つ荒野に向かふ決闘のごと

ためらひのいとまもなしにわが胸を突くごとき音深更の雨

シャドウボクシング

わがからだ陽炎のごとおぼつかなしアスファルトの道歩む炎昼

夕光の鋪道かけゆく少年にすれ違ふとき汗の匂ひす

負けられぬ相手とは誰夏の夜汗したたらせシャドウボクシングす

夏の日のレモン絞ればたちまちにわが体内に覚醒するもの

二重サッシ隔ててみれば音のなき世界のごとし山手通りは

静寂を突き破る蟬の声響く立秋過ぎし炎昼の町

顔あげて不意に後ろを振り返るわれのみ過ごす夜の部屋なれど

椿を愛す

すべのなき怒りに黙し夜深く眼を閉ぢて聴く鎮魂ミサ曲

球状に白き小さき花の咲く冬の八手に蜂が来てをり

みづからを斬首するごといさぎよく赤き花落とす椿を愛す

簡潔なかたちとなりて立つ銀杏恬淡として生きるは難し

相槌を打ちつつ欠伸をするわれが午後の茶房の硝子に映る

母を恋ふ心すなはち海を恋ふ心に似ずや海風のなか

禁断の林檎

靴擦れに耐へつつゆけば新宿の時雨るるビルは山のごとしも

言の葉の響き合はざる時あれば珈琲香にたつひとときを待つ

起きぬけの鏡に向かふわが顔は頬骨高しふと父の顕つ

満ちみちる気配となりて夕闇のなかに桜の蕾は光る

思ひがけぬ心にはかに顕れん人は自らの横顔見えず

夜の闇の突風のごとうちに吹く怒り抑へて拳握りつ

禁断の林檎のごときプルトニウム人はこの星を追放さるるや

明日の不安

新緑は今わが前に迫りくるゆゑなき闘志かきたつるごと

暗き森ゆきつくところはユートピアならず何処や目醒むれば雨

読みさしの新聞に日の当たる午後明日の不安を心に蔵ふ

とこしへと思ひ至れりプルトニウムの半減期知る二〇一一年

十万年のちの幻見ゆるまでここに風なき炎天の街

蟬鳴かぬ真昼に珈琲飲みをれば子らの声すら聴こえぬ街区

放たれし言葉ひとつが夏の夜の汗ばむ背中に張りついてゐる

犠牲なき繁栄はなし気づかずに罪を重ねて今生を生く

止まらぬ時のなかにてわが生れし暑き日に咲くひまはりの夏

スクランブル交差点にて騒がしき音の坩堝にわが息苦し

八月の蟬の鳴き声渦を巻きわれの三半規管をめぐる

波光るカレンダー西日に照らされてにはかに夏の終りと思ふ

われの拘泥

スイッチを切る音のしてそののちの無音の部屋に足ふみいれる

言ひ足りぬ心残してゆく道に枯葉落とさぬ銀杏の多し

絶対と信じるわれの拘泥と風に任せて揺るる柳と

ベドウィンの砂漠の民を思ふまで音なき町の星は輝く

いちはやく蕾開きて咲くポピー一月の雪降りつもる朝

立春の日差しを浴びてわが前をゆく娘の髪は揺れつつ光る

ステンレス鍋に差す陽はあきらかに輝きを増す立春前後

終りなき劇観るやうに街灯の下に置かるる赤き自転車

摩天楼夢見しときは過去にして背信のごとスカイツリー立つ

八月

たえまなく揺るる水面に高層のビルと柳の映る外堀

やさしさの嘘に気づけば病室の窓より探す光もつ言葉

永劫の悲劇言ひ継ぐ八月に今なほ漂ふ霊魂あらん

ひたすらに壁に張りつく守宮見つその尊厳のごとき定着

滝壺に近づく予感を持たずして漂ふに似ん現に生きる

真冬のプール

悔恨を重ねて過ぐる夕闇の底の見えざる真冬のプール

心とは凝る象か目の覚めて苦しみのまま聴く夜半の雨

われよりも苦しみ深き人のゐん夜の電車に眼を閉づる

ビルの間に光と影が交差する厳しき現をしばし見おろす

つかの間の安堵のなかに過る思ひ打ち消してわれは饒舌になる

ありふれし憂ひにあれど湿度もつ夕風のなかうつしみ重く

とりとめもなき感情の波のごと流るる群集渋谷交差路

記憶とは儚きものか一瞬に薄れゆくこの夕暮のかたち

履歴なき都市

カーテンを閉ざして言葉を探す夜知らぬ間に春の風やみてゐる

今まさに危険迫れど「安全」といふ酸化せし言葉使用す

言ひ出せぬ一語思へど桜咲く話などして今日も過ぎたり

不変とはたとへば人の眼は二つツタンカーメン黄金のマスク

履歴なき都市となるべしアスファルト・コンクリート・ガラスのビル群

切腹のなき時代にて繰り返し命かけると叫ぶ政治家

十三夜

眠りさへ遊びにあらん幼子はさらなる夢へと寝返りを打つ

満たさるるよりも僅かに足らざるを人は愛でしや十三夜の月

ゆつくりと珈琲ミルを回しつつ心の齟齬をまた反芻す

断崖に立つごとき思ひ続く日々いくたび叫ぶかわが胸中に

如何ならん悲しみ抱へ逝きにしか母の齢をやうやくに越ゆ

一瞬に未知の光に曝さるる青磁の壺の中《うち》なる闇は

晴れし日の続きて乾ききりしものくちびる・眼・わが心さへ

貧のみの苦しみにあらず際限のなき欲望に苦しむ世紀

曇日のわづかに兆す光さへ希望とさだめし一年が過ぐ

罪なき人

耳の奥に波立つ音の聴こえくる幻聴は時に海思はしむ

おもむろに険しくなりゆくわが顔、心をうつすか眉の角度は

電飾の輝きに酔ふ冬の街　罪なき人はこの世にをらず

高層の窓より海を遠く見て冬の潮騒聴くこともなし

畏れさへ忘れて光に満たさるる夜は闇にてあるべきものを

助けてと叫びて自ら驚きぬ夢のあとさき分からずにゐる

我思ふ故に我ありと呟きて三面鏡に映るわれはや

海の終り

ふりかへるほど父に似る兄の声互みに思はん父母在りし日を

疲れしは眼にあらずおもむろに眼鏡はづせばにじむ満月

際限のなき欲望を積みて生くるヒトの心は右肩上がり

果てしなき海の終りはわが足裏寄せくる波の泡と変はりて

荒川を越えてふり向く東京はビルさへ見えず黄砂煙りて

厳かな心

変身はわづかなれども紅をさす後の華やぐ心こそ知れ

泡立ちてかたちを変へる石鹸のはかなき過程を両手に包む

繁栄の先の不安を持たざりき東京タワー混み合ひし頃

検証は今なほ続く原爆の投下六十九年目にして

此畜生此畜生と言ふなかれ人は哀しも獣よりも

みづからの苦しみ告白するやうにアドリブ長きサックス奏者

化粧とは或は儀式　厳かな心となりて紅をひくべし

ヒトはそののち

いかならん死を迎ふるや遺伝子治療・iPS細胞ヒトはそののち

とどまらぬ欲望の街往き来する群集の中のひとりぞわれは

地上へと出づればビルに囲まれて視線の先は塞がれてゐる

「そして誰もゐなくなつた」と思ふまで人なき夕べの商店街ゆく

受け取りて通知を開くその刹那兆す不安は言葉にはせず

地球儀を回せば繋がる大陸に世界創世にはかに思ふ

動かざる信仰のごと垂直に空に伸びゆく欅大樹は

再びは来らぬ今日よわたくしの明日を信じて闇に眼を閉づ

藺のごと

鋪道ゆくわが目を癒すものは何　街路樹はいま冬木となりて

突き刺さる言葉のやうに偏頭痛朝よりわれをぢりぢり悩ます

風なくば詩人はあらずたとふれば群馬に生れし萩原朔太郎

究極は不老不死なり「いつまでも若く元気」と祈る心は

沈黙にまさる言葉の見つからずコーヒーカップを両手に包む

もろもろの音を吸ひとり降り続く雪を見てゐる繭のごとわれは

二十歳の心

重力に抗ふやうに頬杖をつけば二十歳の心を思ふ

ゆるやかな角度をもちて描き終へる朝の眉は春待つ心

まつすぐに的射るやうな心にて跳ね飛ばさんか迷ふうつしみ

すれ違ふ人の多くはマスクする長閑な春とは遠き日のこと

北へゆく電車の窓に咲きみてる朝の桜が次々に過ぐ

メガロポリス

深海の闇のなかにて棲む魚はみづから光るほか生くる術なし

表層をビルでうづめる東京はあるいは瓦礫の島に見えんか

表層をパズル嵌め込むやうにして都市空間にビル建ち続く

崩壊を宿命とするビル群の廃墟のさきに富士は見ゆるや

店ごとに異なる音の攻撃を浴びて過ぎゆく渋谷センター街

室外の猛暑忘るるエアコンの風に身体は騙されてゆく

東京がメガロポリスといふ意味をわからずに棲むわれの東京

水晶の勾玉ひとつ春の日にかざせば時は光と思ふ

真夏の都心

炎天の日差しを避けて啼く鳥か飛び立つ術なくひたすらに啼く

喘ぎつつ炎暑をゆけば文明のきりぎしに立つ吾かと思ふ

永遠に夜来らずと思ふまでこの動かざる真夏の太陽

欲望を積みていつしか雲に近し真夏の都心にビル林立す

戦ひは永久に続かん絶対と絶対の祈り互みに持てば

まもらるる戦後を送る七十年　武器さへ持たねば平和といふか

うすうすと感づきしこと明らかになりて夕べの病院を出づ

差別なき世を訴へる人の声遠き星見るごとくに聴けり

逃げられぬ心すなはち空洞のなかに反響するわが叫び声

沈黙のながき対話は線香の煙の行方を仰ぎて終る

念仏坂

口開けて餌待つ雛を親鳥はただ見捨てるや　されど人はや

遠き国にゐるごとく見ゆ元日の工事現場に沈む夕日を

変はらざるものは切なし念仏坂父母のなき今上りゆく坂

死は遠きところにありき母とゐて念仏坂を上りしかの日

台町坂上れどわれの生れし家跡形もなし知る人もなし

歯軋りの激しくなるは眠りても安まらざらん心のゆゑか

無意識に奥歯かみしめ生くる日々　過去とならんと今は思へず

夕映の広がる坂をのぼりつつ「明日は晴れ」と母は言ひけり

ユニセフのカード

夜の風はネオンサインに突き当たりビルの地下まで吸ひ込まれゆく

談笑の続きのやうに演奏は始まる地下のライブハウスに

この今も放射線量計りつつ福島原発工事する人ら

スタンダードナンバー「枯葉」されど今一期一会のアドリブを聴く

プレハブの仮設住まひを知らずして冬の寒さをわれよ嘆くな

ユニセフのカード購ひて送られる振替用紙は免罪符のごと

ピアニシモを内緒話のやうにして俯きて聴く店の片隅

霊長目ヒト科生物人類は今や地球を滅ぼさんとす

何事もなかりしやうに快適に電気を使ふ己を怖る

街灯の映し出す影濃き夜のわれの踵は強く踏み出す

靴擦れ

新聞のニュース読まねば憤ること減るならんわれの朝は

話し込むほどに会話は定まらず熟年女子のランチは続く

選択の連続がまさに人生とキャベツ手に取りふと思ひたり

情報の溢るるなかに物選ぶ物欲が苦となりてゆくわれ

ことごとくうまくいかぬ日靴擦れの足を引きずる雑踏のなか

東京マラソン

立ちのぼる蒸気見えんか生きてゐる熱を放ちて走る人らの

まのあたりランナーの熱気浴びる時にはかに心動くものあり

目に見えぬ危険怖れて見渡せば迫るごと立つ虎ノ門ヒルズ

武士のごと覚悟もつべき時代なり地震・原発事故そしてテロ

沿道に立ちて身体を乗り出す全ての走者とわれは真向かふ

曇天に出世の石段仰ぎ見るいつの世にても人は変はらず

決められしコース走るは楽と言ふ未だ職なきわが子を探す

信仰をふと思ひたり前をゆく背のみ信じてゴールを目指す

ああまるで「ウォーリーを探せ」休みなくランナー探すたつた一人の
救済のごとき光を眩しみて両手をかざす春の鋪道に

昭和は遠く

ビール手に「男は黙つて」さまになる昭和は遠く遠くなりけり

酒弱き父おもむろに目を閉ぢて歌ひし「戦友」忘れずにゐる

戦争を否定せざるがフィリピンの戦地の惨状語りき亡父は

爆撃に曝されてなほ「戦争をしない日本」と叫ぶのだらうか

「空気」読むことは当然いつのまに強制としてコミュニケーション

死ぬるまで案ずるだらう母といふ悲しき遺伝子われは継ぐべく

巡りくる春夏秋冬希望絶望安心不安生終ふるまで

無力なるもの

気がつけばスマートフォンに操られ歩む人らのあふるる渋谷

クレーターまたは遺跡のごとくして国立競技場跡赤土露は

たちまちに景色は変はらん二階より見ゆるクレーンやがてビルへと

こころもち花びら小さくなりて咲く猛暑日つづく今年の芙蓉

夏風邪に臥して一日はおもむろに日暮れて遠く花火の聞こゆ

花火消えし後の無音と濃き闇夜儚きものはここへ集へよ

罅割れし青磁の壺の意志のごとき存在を包むわが両の手に

ダークマターわが心にも宿るべし圧しくる力の何かは知らず

生きをれば楽しきこともあらんとは心健やかな人の言葉か

満潮のやうにあふれてすべもなき心よ母とは無力なるもの

時をわたる

死に近き猫は姿を消すといふ深夜に時をわたる黒猫

家にゐて遠吠え忘るるわが犬と月夜の明るさ知らざるわれと

闇忘るるネオンの街の魑魅魍魎ときのまの風何処より吹く

肩越しに見えざる不安　漂へる念ひは深き闇にひそむか

音たててヘリコプターの過ぐるとき眩暈のごとき不安の兆す

とめどなく蟬声響く樹下にゐて眼閉づれば太古は近し

台場過ぎて海底トンネル直進す十年先の未来も見えず

木更津を目指して海をゆく道よ出エジプトを思ふつかのま

からだごと

からだごと押し倒さるると思ふまで音量全開ライブはじまる

アンプより放出されて塊となる音鼓膜に激震続く

自らの大声さへも押し消され恐るるまでに充満する音

たしかなる鼓動を感ずみづからの息荒ければ強く激しく

左手に感ずるものは確かにて吹く風は今雨を知らせる

不意打に合ひて傷負ふやうにわが総身痛みて目覚むる夜更け

帰りなんいざ

夜更けてトランプ占ひここまでと握る一枚ハートのジャック

帰りなんいざと思ひてふるさとのなき吾は立つビルのはざまに

善悪もなく生き継ぎし外苑の銀杏並木の黄葉かがやく

大都市の誇りのやうに輝けどネオンは寂し集ひし後の

目の覚めて時の感覚なき麻酔その空白に似るか死後とは

夕暮の冬の駅前遮断機の音に消さるるさよならの声

唐突にたちかへる悔いかの死よりくるしみはなほわがうちにあり

かのユダの生誕の日をふと思ふ賑はふ聖夜の街歩みつつ

一瞬の静寂のあり混み合へる地下鉄夜半の十二月尽

われ一人地球に取り残されしごと音なき元日の朝に目覚めつ

逡巡を断つ

歩き煙草禁止となりて歩きスマホ全盛となる　危険は失せず

泣き叫ぶ幼子すぎて加湿器の音よみがへる治療室前

ただひとつ重なる思ひ持ちてゐん診察室前番待つ人ら

眼の前の鏡にうつる現身のわれに棲めるや永久の魂

裸木に止まる鴉の啼く声も啓蟄すぎてやや長閑なり

「崩壊」と書きてつかのま兆しくる不安の心象　吹く春疾風

桜咲く朝の停車場数分間バス待つ人の顔柔らかし

わが母のベストショットは花の下　春を選びて逝きし母かも

水触るる瞬間怯ゆる心には前世の記憶たしかにあらん

何処より湧きくる憂ひか花の下ゆけどもゆけども心漂ふ

立ち上がりざまに気づきて息止む　人傷つけし言葉は消えず

おのづから緑張る鎌倉の山に向かひて逡巡を断つ

渋谷駅変貌

戦ひの後の廃墟を思ふまで渋谷駅前ビルの残骸

ビル壊す過程は何処も似るゆゑに常に虚ろな既視感のあり

神経を疲弊させるか重機音固く口閉ぢ通路を渡る

渋谷川暗渠に沿へばかすかなる水の匂ひに歩みとどまる

グーグルに探して日本東京の渋谷ヒカリエわれは点なり

無造作にコンクリートは転がりて爆撃受けし映像重なる

光りつつ浮かぶ粉塵その中にアスベストあらんフロンはいかに

気がつけば視線の先に樹々探す喉の乾きを潤すに似て

平穏なる未来はあらずビル高くなるほど人は傲慢となる

ダマスカスローズの香り思ひたり戦ひのなき世はいまだなし

それぞれに信ずる神の違ふゆゑ人と人との衝突続く

失ひて失ひてのち遺るもの光を放つ言葉にあれよ

ほぼ同じ不安を持たんサラリーマン渋谷駅夜のホームに並ぶ

粧ふ女

始まりは自ら守るためなりき青きアイシャドウ虫除けとして

変身の願望わづかに満たされん赤き口紅手にとりてみる

何よりも人恐ろしき世となりてわれは化粧す呪《まじな》ひのごと

車内にて粧ふ女はまじなひの効力失せん秘め事曝せば

人格の変はると思ふまでにひく濃きアイラインわれは好みし

ある時は戦ふ前の儀式にも似る化粧なり心を定む

遠い遠い過去

スマートフォンの画面を見つつ子の問ひに答ふる母はその顔上げず

文明の欲望拒むといふ民をうつす映像その傲慢を観る

水枯るる大草原に彷徨へる羊の映像今この星のこと

無機質なガラスのビルのなかにゐて強き日差しに汗ばむ身体

母探す夢の中にてすでに母逝きしと気づく雨の朝に

戦争のなき地球とは人類の滅亡する日　核増え続く

遠い遠い過去と交信するやうにわれを見つむる見知らぬ赤子

あとがき

『東京よ』は、私の第一歌集である。

平成十二年に尾崎左永子先生が始められた「星座の会」に、発足と同時に入会して以後、初期の作品を除いて、ほぼ平成十八年から二十八年の作品三九二首を、ここに纏めた。

抄題からつけたタイトルは、何か大袈裟な感じがして躊躇していたのだが、歌集を通読すると、ほとんどの歌が東京を中心に詠んだものだったので、思い切ってそのまま『東京よ』とした。

私の父は群馬県出身、母は大分県生まれの東京育ちなので、私は全くの江戸っ子には属さないが田舎もなく、また地方や外国に住んだこともなく、旅行以外、生まれてこの方東京を長く離れたことがない。

山や海の見える住まいにあこがれたが、大自然が身近にない東京だからこそ、近所に富士山がとてもきれいに見えるスポットを見つけたり、街路樹の銀杏で四季の移ろいを感じたり、アスファルト道路と家の敷地の境目からも咲くタンポポにふと心を動かされるといった日常の小さな発見を楽しめるようになったと思う。

グローバル化などと言われる今日だが、私は、日本の東京の、多分半径十キロメートルにも満たないなかで歳を重ねてきたのだ。今さらながら自分の活動範囲の狭さに驚くが、歌集発刊にあたって振り返れば、私にとって東京はかけがえのない場所であることに気づく。

昭和という激動の時代が終り、平成はいつのまにか二十九年も経ったが、東京は変わり続けている。

自然も変わった。日本全国にいえることだが、ここ数年気候は微妙に変わり四季が薄らいでいる。また、世界情勢、原子力の問題も深刻化している。

人の心が物質中心に偏ってゆく現代の文明の発展が、徐々に自然を蝕み、社会も環境も激変させていることを目の当りにしている時代だ。

不安は尽きないが、うろたえていても何もならない。

道元に倣えば、「まさに無常を観ずべし」か。

変わりゆく時代のなかで、短歌は千三百年以上その定型を守って生き続けている。私もそこに連なる一人と自覚すれば、身の引き締まる思いがする。

このところ佐藤佐太郎の次の言葉が度々立ち返ってくる。

「詩（短歌）は、詠嘆であり告白であることによって旋律とともにあるべき宿命を負っている」

短歌は、五句三十一音という定型を持つからこそ、その旋律すなわち調べが成り立つ。そして「旋律とともにあるべき宿命を負っている」とは、時を超えて、日本人が五句三十一音の調べをこよなく愛してきたということなのだろう。

整然とした定型で短歌を作る姿勢を貫いていきたい。

最後になりましたが、尾崎左永子先生には「星座の会」入会当初より温かい励ましのお言葉、ご指導を賜り、感謝の思いは尽きません。心より御礼申し上げます。

また、「星座の会」にて懇切にご指導をくださいました今井陽子先生はじめ藤岡きぬよ先生、奈賀美和子先生、諸先生方、不二歌道会の福永眞由美先生、歌友の皆々様に心より御礼申し上げます。

そして、短歌研究社の堀山和子編集長、菊池洋美様には、濃やかなご配慮をいただき、誠にありがとうございました。

平成二十九年三月

三浦　柳

著者略歴

昭和32年　東京生まれ
昭和55年　共立女子大学文芸学部卒業
平成12年　星座の会入会

省　検
略　印

平成二十九年五月十五日　印刷発行

定価　本体二三〇〇円（税別）

歌集　東京《とうきょう》よ

著者　三《み》浦《うら》柳《りゅう》
郵便番号一五八—〇〇八一
東京都世田谷区深沢一—二五—七

発行者　堀山和子

発行所　短歌研究社
郵便番号一一二—〇〇一三
東京都文京区音羽一—一七—一四　音羽YKビル
電話〇三（三九四四）四八二二・四八三三番
振替〇〇一九〇—九—二四三七五番

印刷者　豊国印刷
製本者　牧製本

ISBN 978-4-86272-524-0　C0092　¥2300E